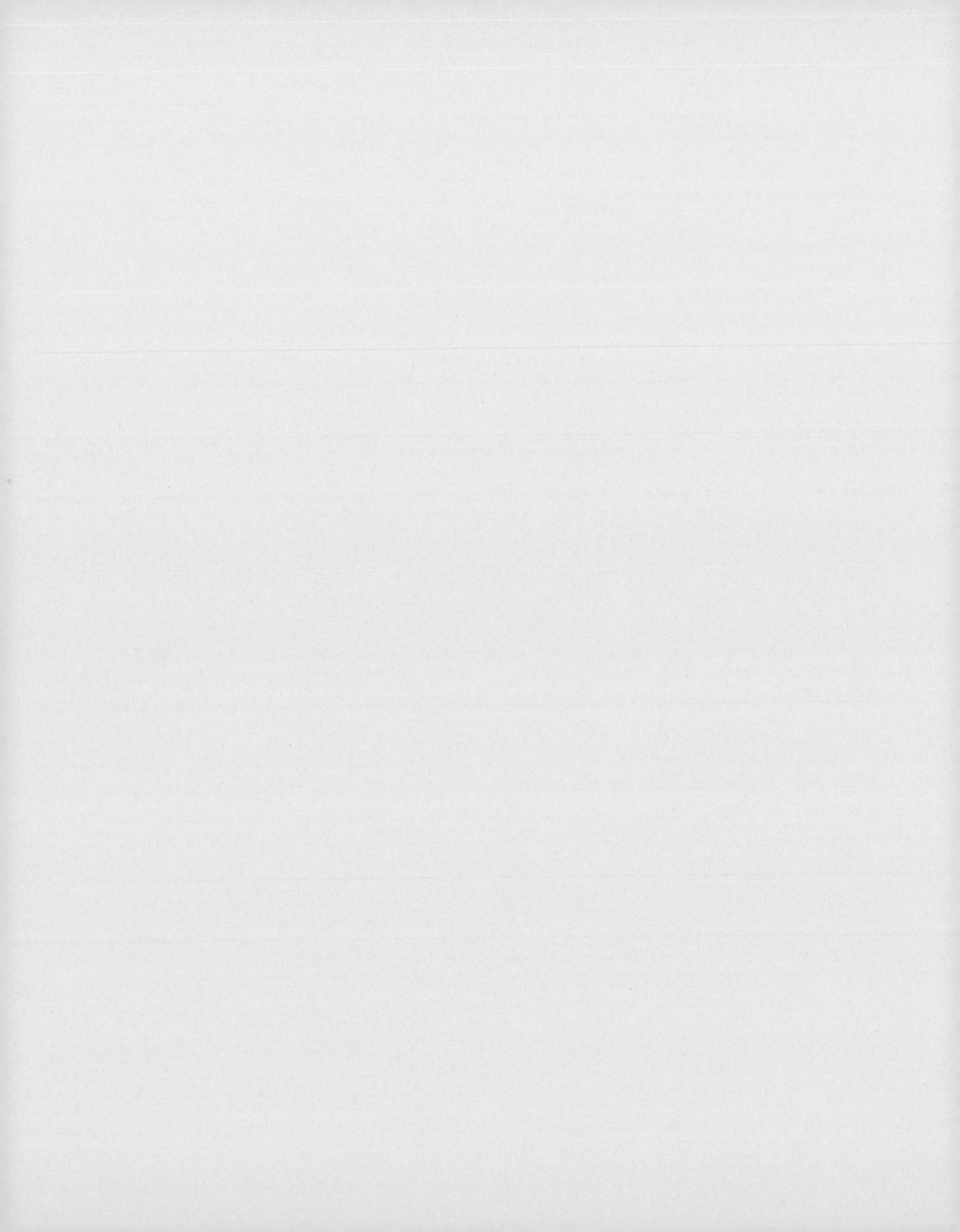

‘메아리’와의 만남

어르신 이야기책 _104 짧은글

‘메아리’와의 만남

초판 1쇄 발행일 2018년 3월 9일

지은이 양귀자
그린이 김영희
펴낸이 이원중

펴낸곳 지성사 출판등록일 1993년 12월 9일 등록번호 제10-916호
주소 (03408) 서울시 은평구 진흥로1길 4(역촌동 42-13) 2층
전화 (02) 335-5494 팩스 (02) 335-5496
홈페이지 지성사.한국 | www.jisungsa.co.kr 이메일 jisungsa@hanmail.net

ISBN 978-89-7889-353-4 (04810)
978-89-7889-349-7 (세트)

잘못된 책은 바꾸어 드립니다. 책값은 뒤표지에 있습니다.

이 도서의 국립중앙도서관 출판예정도서목록(CIP)은 서지정보유통지원시스템 홈페이지
(http://seoji.nl.go.kr)와 국가자료공동목록시스템(http://www.nl.go.kr/kolisnet)에서
이용하실 수 있습니다. (CIP제어번호: CIP2018005466)

어르신 이야기책 _104 짧은글

'메아리'와의 만남

양귀자 글 · 김영희 그림

이 세상을 살아가다 보면
뜻하지 않은 인연으로 식구가 되는 목숨들이
간혹 생기기 마련이다.

이미 주위 사람들에게나,

혹은 글로써 여러 번 밝힌 바 있듯이

나는 애완동물을 키우는 데 영 소질이 없는 사람이었다.

여기서 굳이 '소질'이라고 말하는 까닭은 다른 게

아니다. 나는 무엇보다도 예견되는 결말을 앞당겨서

고민하고, 회의하고, 그래서 지레 포기하는 성격이었다.

쉽게 말하자면 애틋한 정을 키우다
그것들이 짧은 생을 마칠 때 부닥치게 될
슬픔에 시달리고 싶지 않다는 것이다.

물론 여러 차례 그 슬픔에 맞닥뜨려서
실컷 겪어내고 얻은 내 나름대로의 결론이었다.

처음엔 나도 멋모르고

강아지를 얻어다 키우는 일을

두어 차례 거듭했었다.

동물병원에 드나들다가 죽은 첫 번째 인연,

느닷없는 가출로

종내 감감 무소식인 두 번째 인연,

개장수가 끌고 가는 것을 보았다는

목격자의 증언을 최후로

사라진 세 번째 인연.

모두 잡종견의 강아지라서 내가 애통해하는 것이
도리어 이상하다고 웃어대던 이웃들에게 나는
내가 만든 '사랑'의 부피를 이해시킬 수 없어
정말 답답했었다.

모든 살아 있는 것은 가치와는 상관없이
정을 쌓게 되고 마음을 나누게 되는 법이었다.

나는 내 의사와는 반대로 정을 끊어야 하고
나누던 마음을 돌려받아야 할 때의
괴로움을 정말 견디기 어려웠다.

강아지들과의 인연이 실패로 돌아간 뒤에는
딸아이의 성화로 앵무새 한 쌍을 키웠다.

헤어짐의 상처를 맛보지 않으려고
온 가족이 애를 썼으나
역시 일 년을 넘지 못하고
앵무새의 암컷이 병으로 목숨을 잃고 말았다.

짝을 잃고 울부짖는 수컷의 울음소리를 못 견뎌서

새장째 새 파는 집에 갖다 줘버리곤 마음을 굳혔다.

이젠 선부른 애정으로

살아 있는 목숨을 감당하는 일은 그만두겠다고.

그랬어도 뒤에 두어 번 결심을 깬 일이 있었다.

금붕어가 그랬고

마지막엔 서너 해 깊은 정을 들인,

잊지 못할 뽀삐가 있었다.

뽀삐의 경우에는 순전히 우리의 배반이었다.

공동주택으로의 이사 때문에

덩치 크고 목소리 우렁찬 뽀삐는

끝내 남의 집으로 떠나야 했다.

그 깊고 큰 눈에 이별의 두려움을 가득 담고

우리를 지켜보던,

누렁고 긴 털의 잘생긴 개 뽀삐와는

지독하게 많은 눈물로 정을 뗐다.

올봄에 느닷없이 우리 집의 새 식구가 된 '메아리'는
그러니까 뽀삐가 원인이었다.

미리 말하지만 메아리는 뽀삐 같은 개가 아니다.
그것은 어린애 주먹만 한 크기로
우리 집에 온 병아리였다.

뽀삐와 헤어지고 새 집으로 이사 와서
늘 떠나간 개 생각에 울먹이던 딸애가
하교 길에 이백 원 주고 사온 것이었다.

병아리라면 딸애가 초등학교에 갓 입학했던
몇 해 전 봄에도 키워본 적이 있었다.

그때도 교문 앞 병아리 장수에게
이백 원에 두 마리를 사들고 와서
할 수 없이 식구로 삼았었다.

그때의 소동이라니.
밤새 삐악거리고,
중구난방으로 집안을 쏘다니고,
쉴 새 없이 여기저기에 실례를 하고.

물론 또 실패였었다.
어차피 그렇게 팔리는 병아리는
길게 견디지 못하는 법이었다.
그때 딸애에게 단단히 일렀었다.

장난감 사듯이 가벼운 마음으로
살아 있는 목숨을 사오는 일은 이것으로 끝이라고.

그런데 아이는 또 유혹에 넘어갔다.

"절대로 죽지 않아요.

이것 봐요, 눈이 별 같아.

얼마나 빠르고 영리하다고.

상자 속에 수십 마리가 있었는데

이게 냉큼 내 손바닥에 올라오잖아요.

나를 좋아하나 봐.

옛날에 뽀삐가 요만한 강아지일 때도 그랬잖아요.

뽀삐 닮았어."

이제는 헤어져 남의 식구가 된 개와 닮았다는 구실로
딸애에게 선택된 병아리는
그날로 '메아리'라는 이름을 얻어
우리 집의 새 식구가 되었다.

다시 그 사랑 쌓기가 시작된 셈이었다.
게다가 홀로 뚝 떨어져 나와
얼마나 목숨을 연명할지도 모를
솜털 같은 병아리를 상대로 한 사랑이었다.

그래서 나는, 이제까지 길게 설명했던

슬픈 추억들로 상심해 있던 나는,

절대 냉정해지고자 애를 쓰고

또 짐짓 그렇게 실행했다.

나뿐만이 아니라

딸애의 아버지도 정을 주지 않으려고

자꾸 모른 척했다.

그도 다가올 이별이 두려웠던 모양이었다.

딸애의 할머니도 한 쌍이라면 서로 털을 부비며

살아나기도 하겠지만

저렇게 한 마리가 뚝 떨어져 나와

목숨 건지기는 어렵다고

혀를 끌끌 차며 미리 실패를 예고하였다.

희망과 사랑에 아낌이 없는 자는
유일하게도 딸아이뿐이었다.

조그마한 상자를 집으로 삼아
끊임없이 고개를 내밀고 삐악거리는 병아리를
애지중지 거두었다.

밤에는 침대 곁에 상자를 놓아두고

칭얼거리는 병아리를 달래가며 함께 잠을 자고,

도시락 반찬에서 남겨온 달걀 부침개를

병아리에게 먹이며

“병아리가 달걀을 먹네. 이상해.”

하면서 고개를 갸웃거렸다.

신통한 것은 병아리였다.

언뜻 보아도 그 또록또록함이 뭇 병아리들과는

엄청 달랐다.

축 처진 털이 아무래도 수상해
내일 아침엔 못 일어나겠지 하고 미리 포기를 했어도
아침이면 발딱 일어나 목청 높이 빼악거렸다.

상자에서 내놓으면 딸애가 움직이는 대로
종종걸음으로 쫓아다니는 품이 여간내기가 아니었다.

먹이를 탐하는 식성도 어찌나 대단한지
모이 내오는 시간이 좀 늦으면
상자를 툭툭 쳐가며 성화를 부렸다.

그렇게 메아리와 사흘을, 나흘을, 일주일을 지냈다.
이제는 습관적으로 부들부들 떨어대던 몸짓도 사라졌고
빈 휴지 상자로는 좁아서 운신이 불편할 만큼
행동의 폭이 넓어졌다.

이런 속도로 자라면 우리 가족이 우려했던
슬픈 이별은 아마도 기우일 듯 싶었다.

"억시기 똑똑더라. 우째 그리 똑똑한지 하루가 다르다카이."

할머니의 말씀.

“거참, 날갯죽지가 생겼어. 이것 봐.
겨드랑이에서 날개가 돋잖아.”

딸애의 아버지가 내지르는 탄성.

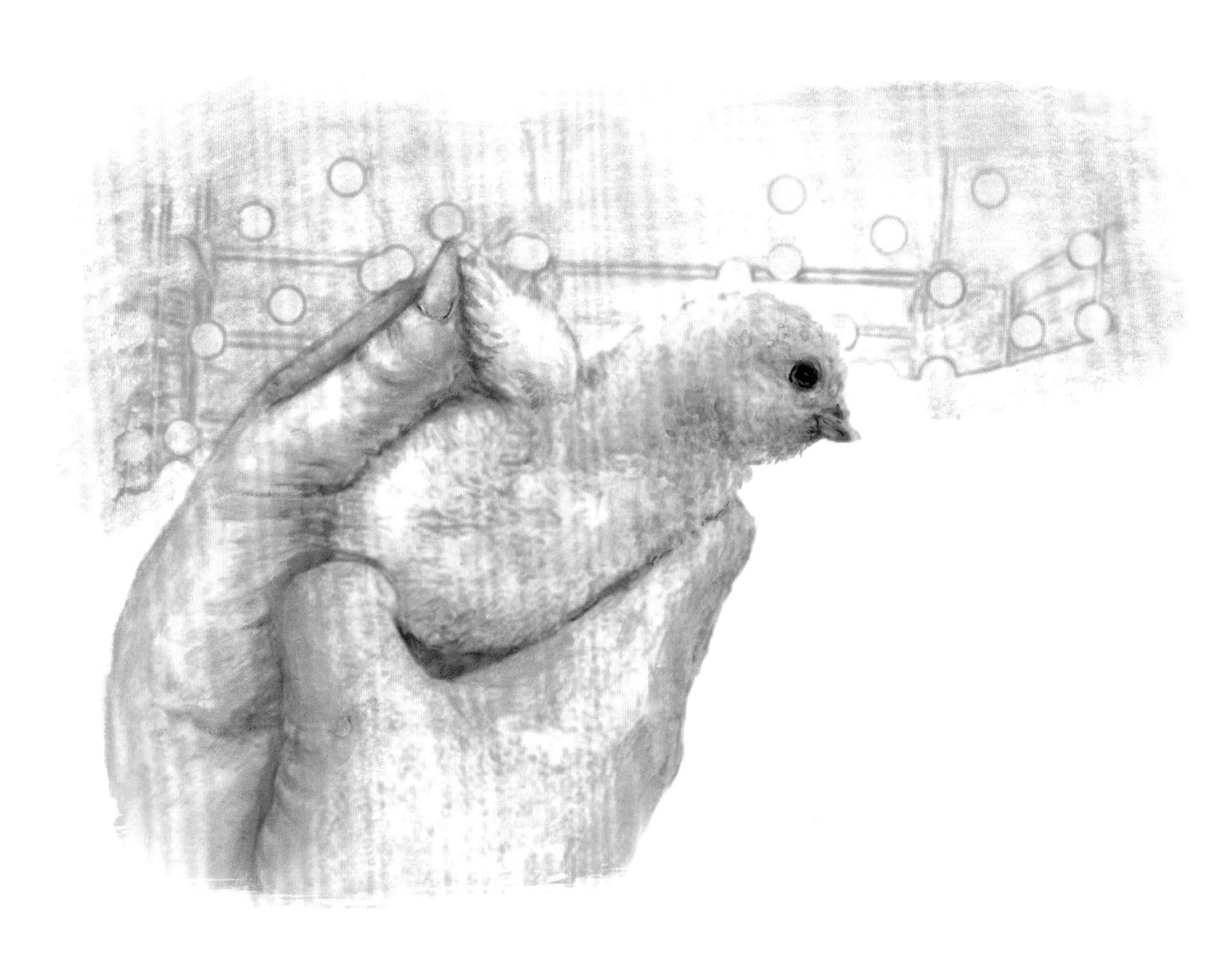

“우리 메아리는 안 죽는다고 그랬잖아요.
오늘은 멸치를 한꺼번에 세 마리나 먹었어요.”

딸아이의 의기양양한 표정.

나라고 별 수 있겠는가. 아니,
나는 우리 가족들 중에서 제일 먼저
병아리와의 만남을 인정하고 있었는지도 몰랐다.

부화장에서 쫓겨나 거리로 팔려온 수천수만 마리의
병아리들 중에서
우리 식구가 된 메아리와의 인연을
나는 수긍하지 않을 수 없었다.

그 만남은 내가 거부하고 인정하지 않는다고 해서
사라져버릴 그런 것도 아니었다.

게다가 이 거친 세상에서 한 번 살아보겠다고
종종걸음 치는 저 작은 목숨을
어찌 맞아들이지 않을 수 있겠는가.

그렇게 메아리는 이 봄에 우리 식구가 되었다.
요즘 메아리는 라면 상자에 담겨져 베란다에서
이 봄을 누리고 있는 중이다.

지붕은 봄볕을 좀 더 많이 받아들이라고
유리를 얹어 주었다.

메아리는 못 먹는 것이 없다.

배추 잎에서부터 밥풀이나 오징어 껍질까지 두루

한솥밥 식구답게 입맛을 갖추고 있다.

그리고 엊그제 메아리의 집에 새로운 시설이
하나 설치되었다.

새로 마련한 메아리네 가구의 이름은 이른바
'횃대'라는 것이다.

횃대를 만들어주고 살짝 내다보니
메아리는 그 긴 막대기가 신기한지
고개를 한껏 젖히고 요모조모 뜯어보느라
한참 골똘한 표정이다.

저 골똘한 병아리의 모습을 보고 있는

이 마음은 기쁨인가, 슬픔인가.

나는 또 나대로

이 봄에 골똘히 생각에 잠긴다.